선인장 꽃기린

황금알 시인선 35

선인장 꽃기린

초판인쇄일 | 2010년 04월 30일
초판발행일 | 2010년 05월 08일

지은이 | 유정이
펴낸곳 | 도서출판 황금알
펴낸이 | 金永馥
선정위원 | 마종기 · 유안진 · 이수익
주 간 | 김영탁
디자인실장 | 조경숙
교 정 | 박옥경
제 작 | 칼라박스
주 소 | 110-510 서울시 종로구 동숭동 201-14 청기와빌라2차 104호
물류센타(직송 · 반품) | 100-272 서울시 중구 필동2가 124-6 1F
전 화 | 02)2275-9171
팩 스 | 02)2275-9172
이메일 | tibet21@hanmail.net
홈페이지 | http://goldegg21.com
출판등록 | 2003년 03월 26일(제300-2003-230호)

값 8,000원

ISBN 978-89-91601-82-6-03810

선인장 꽃기린

유정이 시집

황금알

단출해지자고 생각하고 나니
불필요한 살림살이들 너무 많이 껴안고 살았음을 알겠다.
한 때 절실했던 삶의 세목들을
제목을 붙여 이렇게 내다놓는다.
성난 바람이 후려친다 해도
배고픈 새가 쪼아버린다 해도
이젠 내 것이 아닌

눈물 다 마른 후에도 내놓을 것이 있었음을 알겠다.

차 례

1부

2부

3부

1부

동백 1

귀에다 손을
여러 번 갖다 대고도
잡을 수 없는 냄비처럼
슬픔으로 절절 끓고 있는 중이지
시대의 용기는 되지 못하고
그저 조각난 시간이나 녹여 끓이는
값싼 그릇으로 부뚜막을 지키네
자잘한 설움의 잔가지들을 툭툭 분지르며
어쩌자고 그리 오래 변방의 아궁이를
떠날 수 없는 것인지
파르르 끓다가 넘치는 것들을 보았을 거야
농익은 슬픔이
자작자작 눈꺼풀을
깜빡일 때 불길 같던 통증은
조용히 잦아들곤 하지
지금은 아냐
아직은 내 안이 너무 붉어서
세상이 온통 화염이네
시대의 이름을 얻지 못했어도

단단히 갖춰 입은 상처를
깊은 속울음으로 젓고 있는 중이지
뼈마디 세워 지은 집
물방울처럼 붉은 등 내어 걸고
집을 지키는 오래된 가구들
농익은 소리가 자작자작 나를 밟고 오면
그 때 다시 전화할 게, 안녕

동백 2

아랫녘 아궁이에 누군가

군불 지펴넣는다

곧 발목을 타고 화기가

올라올 것이다

지난 해 피었던 기억을 더듬어

있는 힘껏 꽃잎

벌릴 일만 남았다

그늘꽃

저 골몰한 것들
한 곳으로만 가는 것들
스무 살의 오월같이
타닥타닥, 피는 일에 골몰한 봄꽃들

저렇게 제 몸 피워본 날들 새삼스럽다
나는 키워지지 않은 아이
재배되지 않은 꽃이었다
지나는 봄비에 하르르 몸 지고
목 꺾였지만 아무도 내
벗겨진 아랫도리 덮어주지 않았다

꽃잎보다
더 큰 어둠 껴입은 그늘꽃
그늘 속으로 손 집어넣는
저 무례한 햇살처럼
타닥타닥 피어오르던 세상은
아마 알지 못했을 것이다
등 뒤로 한 잎 세상이 진다

이제는 내 한 쪽을 부리나케
떼어내야 할 차례,
세상은 여전히 만화방창이다

그늘꽃 내 이름도 투닥투닥 핀다
천지에 봄빛 삼엄하다

선인장 꽃기린

꽃이란 꽃은 모두 스스로 쥐어짠 상처라는군
꽃이 웃고 있다고 믿는 건 오해라는군
가만히 보면 곧 울어버릴 것 같은 게
꽃의 얼굴이 아니냐구!
만개하는 울음을 제대로 읽지 못하고
서둘러 입을 닫느라 몸에 돋은 가시들
그 상처의 소리 들리네

누군가 남겨 놓고 간
쓰디쓴 서약을 아직도 삼키고 있지
온몸 가득 수천 개의 달이
떠오르다가 지고
길을 따라 느리게 걸어온 날들이
꽃으로 피면
아무도 모르게 오래 앓고 난
푸른 글씨의 엽서를 쓴다네

혼자 지은 집 담벽이 붉고 붉네

붉노랑상사화

뒤를 돌아보기 무섭게
날선 과오들이 줄지어
저요!
저요!
번쩍 번쩍 손을 든다

무성한 말의 꽃이 다 필 때까지
꽃대가 다 시들 때까지
발 디딜 틈 없는, 마른
입술과
입술 사이를
경중 경중 걸어
가야한다

여름내 더위가 키워낸 것
혀를 허옇게 내놓은 벌罰떼들이다
귓바퀴 가득 윙윙 허튼소리 슬어놓고 가는

오래 묵은 빈혈이

노랗게 피어오른다 다이어트를 마친 허공이
덥석, 우물거리는 소문 하나 베어문다

붉노랑상사화 지는
혹은 다시 피는 염천 한길

불쑥, 불혹

길 안쪽에 엎어졌는데
몸 일으키니 길 바깥이었다
어디로든 나갔다 생각했는데
둘러보니 부엌이었다
밥물 끓어넘치는데 아이들은
밖으로 나가는 열쇠가 없어
울고 서 있었다
생각을 일으켜야겠는데
오래 입은 옷들이
발을 걸었다 호호호
내가 네 엄마가 맞단다
어서 문 열어주렴 꽁꽁 닫힌
문 속으로도 언제나 불쑥
들어와 있던 엄마가
베란다 바깥 허공을 따고 있었다
밖으로 나가는 엄마를 붙잡아야겠는데
소리가 나오지 않았다
엄마가 내 소리를 파먹은 게 분명해
거실에 넘어졌는데

눈 뜨니 부엌이었다
밥물은 끓어넘치는데
오래 입은 옷이 열쇠를 흔들며
호호호 웃고 있었다. 돌아보니
마흔이었다

사랑의 방식 1

처음에는 혀가
바닥을 감춘 채
공중을 기어 오지
다음에는 손바닥이 다시 바닥을 감춘 채
담을 넘어 오지
애초 우리에겐 담장 따위 없었으나
바닥을 감춘 말들에겐 모든 게 담벼락이야

혓바닥은 뱀의 입술처럼
달콤한 사족
그리고 다시 정강이가
말을 붙여올 것이다
혀가 귀에게
손가락이 입술에게
손목이 발목에게

다시 시작된다 해도
코가 발가락에게
이마가 손톱에게

주먹이 목덜미에게

모든 지체가
한 몸에서 한 몸으로
자유롭게 건너오지는 않는다

언제나 너는 뉘우치듯 그렇게!

사랑의 방식 2

거리에 앉아 그를 기다리네
그는 숟가락과 슬리퍼
용접공구의 다른 이름
병뚜껑이거나 자전거바퀴여도 상관없네
관계는 어차피 억지라네
내가 여기쯤 기다리고 있으므로
어디쯤 그가 오고 있으리라는 것
한번의 생이 으스름 저녁에서
유일하게 자명한 것이네

어느 길에 있어도 그는 내 생각의 반경 안
오래된 말을 삼킨 그늘로 건너오네
생각 안의 어느 거리
일찍이 지나온 적 있는
신호등 앞에서 허공을 컹컹 짖고 있을 것이네
여기 무료한 한 점 풍경
긴 머리 만지작거리는
이를테면 미루나무여
나를 위해 바람을 멀리 훅, 날려 보내주는

책꽂이 검은 장갑 시계바늘이여
어느 신작로에 있다해도 내 영혼의 반경 안
그는 내게 줄 조소와 농담을 모두 가졌네
부르르 몸을 치떨고 시동을 끄는 털 붉은 짐승
오늘도 우리는 한껏 으르렁거릴 것이네
잔뜩 껴입은 적의敵意 먼저
흠씬 물어 뜯어야겠네

불우를 씻다

술취해 돌아온 그의 하루를 부축해
안으로 들인다 어느 지점에서 일어난
추돌사고였을까 생각을 들이받히고
얼마나 심하게 우그러졌던 것인지
일그러진 얼굴 제대로 펴지지 않는다

외로 꼬인 고개 바로 누이고
옷을 벗겨준다 못다 한
주행이 있다는 듯 그는 선뜻
앙다문 고집을 벗지 않는다 미처 속도를
떼지 못한 발끝에 가지 않은 길 도르르 말려있다, 입 안 가득
뱉지 못한 말들 재갈처럼 물려 있다

벗은 그의 몸을 씻겨준다
너무 많이 먹었거나
잘못 삼켰던 말의 흔적들 선연하다
뒷주머니에 찔러주었던 마음
어디에 떨어뜨리고 왔는지

바닥까지 내려서도 보이지 않는다
단 한번도 그는 내게
무방비하게 자신을 맡긴 적 없었다
생애 처음 내게 투신한
벗겨진 남자의 몸을 받아 안는다
어디쯤 두고온 정신을 데리러 갔는지
그러다 곧 깜빡 두고온 자신을 만났는지
씻겨진 그가 눈도 뜨지 않고 빙긋, 웃는다

닦인 것은 그의 오물인데
말갛게 씻긴 것은 그가 아니다

밤바다에, 거룻배가 떠 있다

자리에 들지 못하고
검은 그림자로 밤바다를 기웃거리는
거룻배, 바다가 긁어놓은
딱지앉은 상처 같다

그는 날마다 나를 가려워했다
언제나 날 선 손톱으로 나를
벅벅, 긁어댔다
후경으로 흐릿하게 떠 있던
내가 누군가의
가려움이 될 수 있다는 것을
상상하지 못했다
뿌리 내리고
꽃 피었던 기억도 없는데
그를 가진 기억은 더욱 없는데
내 몸이 벌써 딱딱하다

내출혈

어려운 말 나는 몰라요
여름 한낮 후두둑 듣는 소나기처럼
잠깐의 외출처럼 살고 싶죠

펄럭이는 바람 한 폭 잘라
붉은 치마 지어 입고
한철만 피는 해당화 붉은 꽃 속을
건너가겠어요
만발한 치정을 큼큼거리며

해가 지는 강변을
느릿느릿 건너
늦게 당도한 회환과 놀아야지요
나무 그림자 길게 자리를 펴는
거기 우거진 슬픔의 끝자리에 서겠어요
딱히 누구의 노래도 아닌 것들
입 안 가득 궁굴리면서
얼굴을 더듬고 가는 미풍에 눈을
감고 뜨면서

어려운 말 나는 몰라요
여름 한낮 후드득 듣는 소나기처럼
그대 내게 잠깐 들렀다 가는
가벼운 발자국처럼 그렇게
지워지고 싶죠

한밤의 시

새벽 두 시가
바깥에 켜놓은 어둠이
온종일 방안을 채웠던 침묵이
몇 시간째 한 장도 넘어가지 않던 책장이
손에 침 묻혀가며 나를
한 겹 한 겹 벗기고 있다

시

백일홍 피려는지

목울대가

자꾸 가려웠다

쭈뼛거리는 가려움증이

얼굴을 붉히며 올라온다

혼자 흘려보내는

오후가 저리 붉은 건

피가 나도록 종일 긁어대던

그리움 탓이다

소국 小菊

햇살의
은근한 눈빛이
무늬가 되는 동안

바람이 전하는 푸른 연서
상처로 돋아오르고 또 아물어가는 동안

내 안의 내가 아기처럼
칭얼대는 울음으로 당신에게
건너가는 동안

어쩌나!
나 이렇게 벌써 노랗게 익어버렸다

냉장고를 들이다

냉장고를 들였다
내 추운 방에 어쩌자고 덜컥
나보다 더 추운 남자를 들였다
가만히 안으니 어깨를 심하게
떠는 것이 보였다
그의 오한은 얼음이 얼듯 자꾸만 단단해졌다
이리저리 포박된 시간을 풀어주고
바람으로 가득 채워진 빈속을 들여다보았다
바람의 이력이 칸칸이 들어차 있는
켜켜이 모래바람 섞여 떠밀려온
남자는 발끝까지 몸이 차다

밤낮으로 그를 여닫으며
홀짝홀짝 추위를 꺼내 마실 것이다
불면을 물감처럼 풀어놓고
이내 잦아드는 동안
썬키스트 오렌지주스를 불빛처럼 켜둘 것이다
비어있는 칸칸이
사막의 낙타들로 꽉꽉 채워지지 않아도

별들 사이에서 불빛 한 점 찍어내지 못해도
입 속의 얼음 한 조각
단단한 뼈를 스스로 풀어 가만히 젖어들 때까지
들락거릴 것이다
그렇지만 어쩌자고
냉장고를 들였나

나보다 춥지 않았다면
당신을 당겨안지 않았을 것이다

별자리 카시오피아

당신이 사는 별자리
월곡 2차 주극走極 오피스텔로 가기 위하여
밤이 오기를 기다리네
꿈의 정거장에서 내릴 것
다음 미션을 지참할 것
내게서 나와 너에게 가는 길
이 긴 시간의 실타래를 허리에 감고 헉헉,
그러나 아무리 달려도 풍경이 뒤로 밀리지 않는
꿈속의 달리기처럼
당신이 사는 카시오피아는 끝내 도착되지 않는 곳
가지 않은 기착지

없는 문을 잠그고 다시
가지 않았던 길을 되돌아 나올 때
반짝 서 있는
꾸지 않은 꿈
당신

나비넥타이를 맨 당신

그녀는 미간을 찌푸리고
오래 읽어야 하는 시, 다루기
쉽지 않은 여자지
찡긋, 웃어준다고
냅다 마음 열어서는 곤란해
후루룩 한 입에 당신을 다 마셔버리고
쩝, 입맛을 다실 거야
그리고는 끝이지 더이상
같은 맛의 당신에게 눈길 주지 않아
입맛만 성성이 살아있는
대꼬챙이 그녀에게
왜 모두들 오체투지로 엎드리는지
세상에나! 딱 한번 그녀가 불지른 염장에
한 채 인생이 홀랑 타버린 자도 있다지
그녀를 다녀간 사내들 중 아무도
입 열지 않아 알 수 없으나 그녀는 어느새
이 세상 사람이 아니라고도 하고
결코 죽지 않는 입술이라고
수군거리기도 하지

그러니 속히 되밟아 가시도록! 다만
꼬리가 밟혀서는 안 된다는 걸 명심해
등돌린 걸 낚아채는 데 그녀 만한 명수가 없다는군
겨울코트같이 무겁게 말을 물고 있는 것들에게
함부로 길을 물어서는 안 돼 환유를 만났다는 건 이미
길을 잘못 들었다는 증거야
그러니 뒤를 보이지 말고
그냥 돌파해 버리실 것
그 때쯤 당신
나비넥타이를 풀고
그리도 목 메이던 한 개비 시름
이내처럼 풀어헤쳐도 좋겠지

두 개의 바퀴가 돌고 있다

나라고 믿는 나와 배반하는 나
귀환하는 나와 도주하는 나
승선하는 나와 탈주하는 나
편입하려는 나와 전복하려는 나
달리는 나와 멈추는 나
오르는 나와 내려서는 나
사이와 사이 그 사이에
결국 멈추자고 시동을 거는
바람의 엔진이 있다

(나를 두드려 깨우지 마
아무도 나를 계몽할 수 없어)
우리의 유일한 순결은 순결하지 않은 순결

어깨를 둥글게 모으고 날마다 울부짖었다
기착지 없는 질주의 시간들, 어느새
모든 연애를 다 지나쳤다
오른쪽으로 방향등을 넣는다
없는 거리의 이정표를 읽으며

오래된 미래를 빠져 나온다 대문을 닫는 나와
여는 내가 있다

창窓

한때 그는 담배를 피우며
내 생의 봄볕을 종일
쬐다 갔네 그가 존재하는 힘으로
화들짝 열려있던 날들
온통 나를 열어젖히고 바라보던
구름 없는 하늘, 살구꽃,
새끼 업은 비비새여

그는 언제나 소리가 많이 나는
신발을 끌고 왔네
그가 돌아가는 길
내 마음 얼마쯤
그 소리에 멀리 끌려가다
돌아오곤 했네

얼마나 흐른 것일까
그를 향해 열어놓은 창의 시간
나가서 돌아오지 않는
마음이 있어

나를 쾅쾅 닫아 걸 수 없었네
외출하거나 깜빡
낮잠에 빠질 수도 없었네
반쯤 닫힌 창으로 보이던
샌들 신은 여자들과 비맞는 옥수수

목이 길어진 불빛
무릎 꺾인 우산을 훑고 지나네

2부

개미에게는 개미의 생이 있고

반나절 개미의 생을
게으르게 내려다 본다
깊이를 알 수 없는 구멍으로
흘금 흘금 드나드는 개미의 하루를
느린 눈으로 따라가다 보면
불현듯 개미의 종교가 궁금하다
개미의 학교 개미의 수퍼마켓
개미의 부업
개미의 비애가 궁금하다
개미처럼 걸어서 식당에 가고 싶은 날
개미처럼 작은 구멍에 집을 짓고 싶은 날
개미같이 작아진 생각으로 웅크리면
정말 개미가 될 수 있을 것 같은 날

갈매기, 또 갈매기

아산호 전망대 횟집 창문 안에
바다도 있고
절반 하늘도 들어 있네
물길을 차고 오르는,
갈색 점퍼에 두툼한 추위를 껴입은 그의
구슬픈 선회를 보았네 무수히 달겨드는
갈매기, 또 갈매기
나는 내 마음에
통유리가 달려있는 줄도 모르고
그를 만지러 달려나가네
차갑게 막아서는 간유리
발자국 몇 개 어지러이 찍히네

여자들은 마음에 유리창 하나씩
끼워놓고 산다는 걸
그도 나도 잠시 잊었을 뿐이네
휘리릭 휘리릭
먼 데 하늘이,
바다가 저녁을 부르고

서쪽 유리 바깥으로 그가
언 손 비비며
동동 내려서네

일몰 17시 31분

명주잠자리

나 이미 불 꺼진 지 오래,
안으로 들일 마음 한 칸 없네

댓돌 위에 놓여 있는 햇빛
저리 쨍, 한데
시간 어귀마다 빗장이 걸려
간신히 기억을 딛고 빠져나오는 길
뒤돌아보면 힘없이
무너져내리네

몸피 불려온 세월이
한갓 소멸의 사원이었다니!

시간의 흰 뼈 서까래로
간신히 받치고 있는
내 마음의 옛 집 옛 뜨락
가만히 건드리면 삐걱, 소리로
뒤덮여지는

옛사랑의 안채에
몸집 큰 적요만 해종일
어슬렁거리네

구름다리나무

밀월동과 신장동을 잇는 저
허리 굽은 구름다리
붐비던 나뭇잎들 다 떨어져내리고
노점 홀로 지키는
영미 할머니 웅크린 어깨만 까치집처럼 남았다
몇날 며칠 팔리지 않는 사과와
자꾸 비틀리는 무말랭이의 시간을
집 없는 새들
콕콕 쪼다 간다

분리수거 강조기간을 알리는
현수막 어깨 한 쪽이 찢겨 있다 바람은 왜
덜 아문 상처 근방에서 더 해찰을 부리는 것인지
새어나오는 속울음소리 들린다
헐벗은 가지처럼
사과는 얼음 한 겹
더 꺼내입는다
고쟁이 속 꼬깃거리는 종이돈 몇 장도 곧
바람이 팔랑 집어갈 것이다

바닥에 걸터앉은 할머니 호박나이트 개장기념 안주일체
2만원
전단지와 함께 저물고 있다
오래 앓은 관절염이
무릎을 끄응, 일으켜 세운다
저 오래된 나무 한 그루
오래 굽은 등 펴지지 않는다

회전문

나가려고 몸 밀어 넣었는데 아뿔사
골똘해진 유리문 속에 그만
갇히고 만다 엉키고 엉켜 후다닥
너를 밀고
나가기 쉽지 않다

– 거기 후박나무 하나 서 있다

몸 빠르게 마음을 빼야겠는데
생각의 왼다리, 오른 검지손이
말을 듣지 않는다 네 안에서
혼자 일으키는 바람, 날리는 옷자락에
줄곧 걸려 엎어진다
수없이 많은 문을 들고 났으나
너라는 미궁
빠져나가지 못하고 뱅뱅 돈다

– 거기 아직 후박나무 하나 서 있다

입 안의 네가 다 마를 때까지
돌고 돈다 간신히 너를 밀고
재빨리 빠져나오는 문
그러나 디딜 곳 없는 허방이다

— 거기 후박나무 하나 사라지고 없다

어느새 낭떠러지다

돈다

얼른 나오지 않는 말이 입안에 뱅뱅 돈다 기억을 아무리
멀리 던져도 생각의 찌 발광하지 않는다 어제는 밀바와 안
치환을, 안치환과 밀바를 끝도 없이 돌았다 돌아봐야 서
울-평택-안중-장호원, 지름 백오십여 리밖에 되지 않는
길 반생의 노역에도 어질머리가 인다 내 언제 한 남자를 봇
짐처럼 싸안고 인도양을 도는 꿈 꾸었던가 산꿩 소리에 고
인 눈물 하나 투명하게 돌지 못하고 어느새 어둑신한 골목
에 와있는 나여! 오십 만원에서 구십 만원의 노동을, 창비
와 우먼센스 사이의 담론을 돌고 돈다 세상의 옆구리에 딸
려다니는 부록, 오문과 비문 사이를 도는, 아무리 어지럽게
돌아도 그 자리가 다시 그 자리인 어지럽지도 않은 꿈 소프
트 아이스크림과 식은 밥 사이의 이지러진 원圓, 시여

수정판 정밀 도로지도

자가운전자용 정밀 지도에
정류장 하나 새로 선다
지도 위의 길이 되기 위하여
얼마나 많은 걸음들이 다녀갔는지
사방으로 살갗 붉게 터져 있다
까맣게 딱지 앉은 하지동맥 같은 골목,
새로 생긴 간판가게 앞길로
모카빵 굽는 냄새가 구부린 몸을
일제히 일으켜 세운다
핸드백을 어깨에 메고 날마다
새로 지붕을 얹은 정류장에 서게될 것이다

신고 나갈 신발처럼 길은
가지런히 놓여 있다
실핏줄 새로 툭, 툭 터진
재생된 길들이 울컥울컥
제 몸의 풍경을 게워내고 있다

생애 첫발을 떼듯

엄지발 하나 길의 한 끝에 얹어놓는다
셀 수 없는 실금이 붉은 눈으로
내 발을 신으러 올 것이다

냉장고

서늘하게 비어 있던 수납공간에
하나 둘씩 그릇들이 들어와 앉는다

내 한 개의 마음에
그대 한 그릇만 있다고 생각마라
그대 한 그릇만으로 쩔쩔매던
소용량의 날들은 지나갔다
어느새 입체냉각 첨단방식으로
나는 가동된다

세상에는 온기가 아니라
냉기를 나눔으로 존재하는
기막힌 관계들도 있어
밤이면 아무도 몰래
찬 숨 뿜어내느라 지친 삭신을
웅웅거리며 운다
질서 없이 포개져 있는
냉랭한 탄력,
이 서글픈 삶의 전원을
어떻게 쉽사리 빼버릴 수 있을 것인가

조용히 하라고 해서

엄마가 조용히 하라고 해서 조용히 했습니다
아버지도 조용히 있으라 해서 조용히 있었습니다
선생님이 더 조용히 하라 해서 다시 그렇게 했습니다
애인도 계속 조용히만 있으라 해서 줄곧 조용히만 있었습니다
남편이 매일매일 조용했으면 좋겠다 해서 매일매일 그렇게 했습니다
나는 최선을 다해 조용했습니다
조용히 하는 데 온 힘 다 기울였습니다
엄마는 왜 이리 조용하기만 하냐고 아이들이 물어서 너도 조용히 해!
혼내주었습니다 그런데,
그러고 나니 갑자기 조용히 있고 싶지 않았습니다
조용히 하면서 보낸 생의 반나절 이제부터는 조용하지 말자 결심했습니다
그런데 나도 모르게 자꾸 조용히만 하는 겁니다
오래 꿇고 있던 무릎처럼 생각이 잘 펴지지 않는 겁니다
어쩌지요, 나는 자꾸 조용하기만 해요
저절로 조용하려고만 해요 나도 모르게 조용 속에 꽁꽁

갇혔어요

　밖에 누가 안 계세요?

　이, 말의 옥문 좀 열어 주세요

　잠자는 이 혀 갈아끼워 주세요

　혹시 거기 누구, 아무도 없나요?

개와 늑대의 시간

다섯 생을 꼼짝도 않고 앉아 있다 오만 생이어도 좋다 이미 갈 사람은 다 갔고 나는 딱히 기다리는 다른 무엇도 없다 처음부터 혼자였고 한번도 혼자 아닌 적 없었다 다시 말한다 해도 이미 갈 사람은 다 갔고 더이상의 무엇 기다리지 않는다 첫 문장을 그가 적었고 나는 완성했을 뿐이다 그가 떠났으므로 나는 남았다 최선을 다해 손 흔든다 운명아, 안녕! 긴다리아드락새야, 너도 안녕! 비행운이 꼬리를 길게 늘이며 떠나간다 어둑해진 시간이 혼자 남은 거기 다섯 생 아니 오만 생 여자의 어깨를 흔들어 깨울 때까지 나는 꼼짝도 않고 앉아 있었다 나는 나에게서 꼼짝도 하지 않을 것이다

항아리처럼 둥근 하늘에 팔랑나비긴꼬리연이 떠간다
곧 먹먹한 어둠이 몰려올 것이다

물방개

멍 든 손톱
등에 엎고
파닥이며 물 위를 기는

파닥임으로 세상에
관계하는,
개입하는,
거래하는,
추궁하는,
기입하는,
교접하는,

여섯 개 발을 가진 설움아
너도
물방울이
무거운 거구나

위궤양

오후에 배달된 문예지를 두어 시간 만에 다 읽는다
자근자근 씹지 않고 우물거리다 후루룩 꿀꺽 삼켜버린다
매장확장기념라깡은소타자와열려라탄핵정부사진여성크
로커다일전품목
우예진이를찾아한국전후사회주세요반액세일현상의사이
의차이를변화
외판원처럼 예고 없이 끼어드는 문자들과
신문지를 깔아놓고 이 그릇 저 그릇 돌려가며 먹는 짜장
면처럼
이 맛이 그 맛이고 그 맛이 이 맛인
글자들을 먹는다
진지함이시대의코드는아니지않나요
텔레비전 속 내레이터도 한껏 소화불량을 돕는다
그렇게 꿀꺼덕 삼킨
제 길 못 찾은 일요일 골목
아직도 통째로 있다

뒤죽박죽 섞인 것들이 한 판 스크럼을 짰다가
풀고 있는지

한밤중이면 대책 없이 국적불명의 난장이 서는지

서툰 자객이 눈 질끈 감고 내두르는 칼날
온밤 내 베인 비명 낭자하다

모래바람이 불었다

유목을 원한 적 없었으나
나는 한 곳에 잘 심겨지지 않았다
누군가 나를 제자리에 쾅쾅
박아주길 기다렸지만 모두들
구름처럼 쉽게 모였다
흩어졌을 뿐
모래 바람만 오래
버석이는 얼굴을 쓰다듬어 주었다

스스로 쥐었다 푸는
악력握力으로는 나를 심을 수 없었다
누구는 부랑의 운명이라 했고
누구는 유목의 꿈이라고 했다
부화도 없이
한 자리에 붙박혀
헐거워지는 것이
내가 바라는 삶의 형식은 아니었다
정수리에 우글거리는
날개 달린 벌레들

결국 나를 파먹은 건
바로 나였다
못자국도 없이 몸에 바퀴를 달고
덜렁거렸다
그 남루한 시詩를 이고 지고

부엌을 주세요

온화한 앞치마에
젖은 손을 닦으며
드디어 여자들의 연주는 시작된다
콩 튀고 팥 튀고
오늘은 정어리가 하나 더
눈 밝은 양파가 호드득 병아리를 깐다
곰치국은 멀리 주문진항 뱃고동 위에 끓어 넘친다
통통배 돌아오지 않는 날은
쓰윽쓰윽 수평선을 갈아 알레그레토 모데라토
허밍은 되도록 잘게 썰어둔다
알레그로 프레스토 구불구불 붉은 골목을
콩 튀고 팥 튀고 오늘은 정어리가 하나 더
양파가 호드득 까놓은 병아리 금세라도 비둘기알 슬어
놓는
있지도 않은 부엌의 엉덩이 되게 흔들린다
없는 농담 가늘게 찢어 걸쳐놓은
며느리밥풀 한 끼 빈 그릇 소리
요란하다

온화한 앞치마에
젖은 손을 말리며 리타르단도 라르고
다시 리타르단도 라르고

착각에 갇히다

포장지를뜯어내자착각하지마, 라고독설이포로롱튀어나왔
다소리가배달되다니귀를크게뜨고다시살펴보았다수신인유
정이송장번호20080630세수도안한생경하기그지없던녀석
은냅다달려들더니자존심먼저각, 하고깨물었다어디서뛰어나
와그리발빠르게앞을가로막던지착각, 하고송곳니를박는서슬
에기염절로터졌다배달된착각은순식간에자가분열을시작했
다둘로넷으로여덟개열여섯개의착각으로착착착, 태어났다전
화한통의오류가부른참사착각착각, 순식간이지옥간이었다눈
을동그랗게뜨고삿대질하는착각때로온화한웃음꾸미는착각
귀걸이를흔들며숨통조이는제법세련된착각도있었다그다지
우아하지못하게독설에재깍간히는수형의유전자를나는가졌
다착각이데려온착각속의착각옆의착각또그앞의착각착각, 발
을떠는착각의간수들영장번호20081130감형도송치기약도없
이끝내내가나를가두는형량무기착각의철창에갇혔다찰칵,

그녀가 분노를 처리하는 방법

뚫고 나오려는 울음을 그녀는 최선을 다해
얼굴 안쪽으로 구겨 넣는다
넘어가지 않는 밥을
목구멍으로 우겨넣듯이
꾹꾹 눌러넣는다
두 눈을 꼬옥 쟁여 감고
미간을 최대로 붙여
그 어떤 구멍으로도 새지 말아야 하므로
하악은 상악을 견고하게 물고 있어야 한다
그 고통의 밥
제대로 소화시키지 못한 것일까
적극적으로 울음을
얼굴 안쪽에 구겨넣고 있다

얼굴 안쪽
검은 갈기 세운 채 날뛰던
말들이 잠들어 있다
말들의 등 오래 만진다
숨소리가 마치 오래된 집의 기둥처럼 둥글다

울음의 안쪽
일용할 울음 기다리는
말들의 수런거림 간질간질하다

이명耳鳴

달팽이관 안쪽에
아주 작은 소리들이
이사와 살기 시작했다
―응, 나야 내 사랑을 믿지?

소리들은 자라면서
쿵쾅거리며 뛰어다녔다
바깥귀에 대고
문 쾅쾅 두드리기도 했다
―너를 한번만 떠먹으면 안 될까?

눈물을 뿌리며 애원하는 소리들
―엄마, 다시는 안 파먹을 게
　여보, 이번 한번 뿐이라구
　여보엄마엄마엄마여보여보

밖으로 새는 소리를 막아보려고
그 밤에 내가 귀를 잘랐던가

다시 내출혈

제발, 그렇게, 전투적으로
외치지 마세요
더이상, 아무 것도, 무찌르고 싶지 않아요
불의 바깥에서 흔들리는 불빛의 아우성을
나무의 바깥에 서 있는 나뭇잎의 펄럭임들을
그대로 걸어두겠어요
제발, 그렇게, 맹렬한 어조로
소리치지 마세요
이 따뜻하고 아늑한 껍질을 깨고 더는
바깥으로 나가지 않겠어요
여기서 혼곤히 죽음 같은 잠을 자겠어요
그렇게 무자비하게
밖으로 던지지 말아주세요
기억은 아직도
지난 생의 전투를 잊지 않았어요

소화불량의 날들

　고래를 삼켰어 내겐 너무 버겁고 질긴 혐오야 목구멍을 타고 넘어오는 붉은 오열이 오래고 먹먹한 침묵의 나날을 흔들어 깨우고 있어 까치발로 서서 여름 한낮 더위 바깥을 바라보던 마당의 나무들도 뭔가를 잘못 삼킨 것일까 울컥울컥 잎사귀들을 게워내고 있어 발밑을 보라구 바닥을 잔뜩 움켜쥔 발바닥의 안간힘이 훤히 보이지 않니? 고래힘줄 같은 울음이 자꾸 이렇게 토해지다가 아무도 모르게 죽어버릴지도 몰라 자꾸 침이 마르는 독설로도 질겅질겅 잘 씹히지 않는 고래를 삼켰어

　해변으로 고래들이 죽은 채 떠밀려오고 그렇게 가버린 고래들이 눈물을 흘리는지 내 몸은 아무 이유 없이 젖기도 하지 어느 때인지 고래를 따라 대서양 어디쯤 물속에 틀어박혀 꼼짝 않고 지내던 며칠 내 몸에 가득 물이 들어차서 무심한 날들이 들어와 놀다가곤 했지 바닥의 층계를 셈하는 일도 수면을 그리워하는 일도 눈물의 이력을 가만히 살펴보는 일 바닥에서부터 올라온 것을 게워내는 일 흐려진 배경 속에서 묽게 숨쉬는 일 고래는 어디로 사라진 걸까

3부

성구미

성구미라는
작은 마을에 왔어요
목구멍에 햇볕이 걸려
꺼억꺼억 헛구역질 해대는 갈매기 몇
좁은 하늘에 띄어놓고 발밑에
잘박이는 파도소리 성글게 풀어놓은
아주 작은 포구예요

잘박이는 파도소리
내가 내는 발소리 같아요
내가 세상의 무릎 아래에서
잘박 잘박 내는,
우리에게 언제 해일의 시간이 있었던가요
따스하게 구워진 너럭바위
부신 봄볕 아래 있으면
나란히 누운 수평선 저편의 시간
설움 홀로 재우던 할머니 목소리
들려오지요

할머니의 무릎 아래에선
언제나 물레 잣는 소리가 났어요
가벼운 몸으로 무거운 생애를 돌리다
때로 덜컥, 멈춰서기도 하던 할머니
물레가 멈추는 것도 모르고
우리는 먼저 잠이 들곤 했지요
머리맡에서
자장자장
얼마나 더 오래 설운 노래를
자았던 것일까요
아침에 눈을 뜨면
하얗게 바랜 할머니 청상의 시간이
성글게 가로 놓여있었습니다

충남 당진군 송산면 가곡리
닳아진 무릎 아래 더는
물레소리 들리지 않는
할머니가 널어놓은 설움에
오래 재운 해일의 시간이

순한 소리를 잘박 잘박 내고 있는

아주 오래된 시절에 왔어요

코란도

겨울 바닷가
외길에 서있던 그가
웅크린 몸 일으켜 세웠습니다
남아있던 주행의 시간을
내게 기입하고
세 드럼 파도를 채워
시동을 걸던,
그에게 장착된 엔진은
발판이 높은 사륜구동
부르르, 이 생生에서 지은
인연을 연소하며
몸 떠는 것 보았습니다

바람 한 자락
긴 몸 펄럭이며
들고 납니다
콧김 센 코뿔소 같은
본성이 그에게 있다는 것을
기어를 내리기까지 그가

바퀴의 운명으로 살아야 한다는 것을
나는 잠시 잊고있었습니다

바람 세게 부는 날은
마음도 멀리까지 날아갑니다
끌고온 길을 갓길에
부려두고 그는 외길을 밀며
딱딱한 방파제 너머로
넘어갔습니다

그가 가리고 서 있던 길 위에서
바다버마아제비 떼지어 솟구칩니다
웅크려 앉았던 정오가
모양새를 바꾸며 날아갑니다

꿈을 앓다

잠에다 대고 누군가
거칠게 낙서를 하고 있다
알 수 없는 상형문자로
낮 동안 꾸었던 생을 해몽하고 있는,
국적 없는 언어가
동서로 웅, 웅 떠다닌다

꿈에서도 나는 그림자와
발목이 한 곳에 묶여있었다
아주 긴 신발 같은 그림자
한 발자국씩
걸음을 옮길 때마다 알 수 없는 말들이
터덕터덕 끌려왔다

낙서처럼 어지러운 잠을
오래 끌고 다니다 일어나면
어느 결에 비감한 마음 한 켤레
뒤꿈치가 다 닳아있었다

아침이 와도
줄곧 어두운 밤
깨고 나도
줄곧 휘황한 꿈이었다

누에

깊은밤 힘겹게 고치를 짓는다
먹기를 멈추고 온몸으로
눌러쓰는 문장文章, 오늘은
어떤 딸 근심의 혼수를 잣고 있는지
한밤 내내 어머니
피울음을 섞고도 멈추지 않는다

평생을 아파 짜고도 누에는
제 몸에 비단 한 올 걸치지 않는다

그 숲에 가면 밥이 있다

밥 먹으러 날마다
때죽나무 잎 진 둥치 아래로 간다
달맞이꽃잎처럼 입술 오므린 나를 열고
화들짝 주린 배 채우는 그를
먹으러 간다

내가 먹는 밥은
도토리가루에 참나무 눈물 세 방울
카르네기에아 선인장 가시에
다래나무 열매 두 알
남들 다 먹고 간 식탁 위에서
붉은점알락새부전나비술을 마시고
바람이 다 잦아든 숲으로 가
달맞이꽃잎처럼 몸 누이면 된다

밥 먹으러 날마다
잎 다 진 나무 아래
허기의 목구멍 속으로
허기의 허기를 파먹으러 간다

살자하고 먹는 밥은 아니다

주점 산타페

시詩야, 술잔을 부딪자
내게 몸 부딪고 거품 나도록
흐르는 네 저녁을 들이부어라
한 잔의 기억을 치켜들고
갈 수 없는 오지가 어디 있으랴

흐르는 물을 타고
난세亂世에라도 가자
탈주선에 실려
이 밤을 꼴깍 넘어가자
나는 너무 정직한 집에 오래
머물렀다 고드름 어는 미혹의 헛간에서
추위를 호호 불고 있었지
홀연히 달려드는 까막까치가
내 눈을 찔렀으므로 아무 것도
분별할 수 없었다고
눈물 흘렸어
한번도 내 상처의 밤을 위해
축배 든 적 없었으니

어느새 누추해진 시간이여
네가 닦아주는 눈물의 힘으로
축하해야겠네 축하하네
하늘의 문이 열리고 타고온 마차가
다시 호박이 되기 전까지
쉿! 다만 이 은유의 천막을
거두지만 않는다면
생애 처음인 듯 이 비틀거리는 춤이여
몇 바퀴인들 서서 돌지 못할까

가평 가는 길

경춘국도를 타고 가다
대성리, 청평을 지나칠 때
스무 살 언저리의 내가
마흔 언저리의 내게
손 흔들며 서 있는 것 보았다
아직 누구의 애인도 아니고
누구의 아내도 아니었던 내가
민박집 마당에서 끓어넘치는 라면국물을
덜어내고 있었다

거기서 끓고있던 것은
무엇이었나, 또 덜어낼 것은
무엇이었을까
생각나지 않는다 다만
몇 봉지의 라면을 더 끓이고
멀건 국물 맛있게 들이켜고나면
더는 맛있는 라면을 먹을 수 없다는 것
더는 싱거울 일도 없는 팍팍한 고개를
서둘러 넘어가야 한다는 것

알고 있었다

뒷좌석에 두 아이를 태우고
가평 가는 길
거기서 나는 무엇을 향해 손 흔들고 서 있다가
해묵은 필름 돌리듯 다시 여기서 나를 돌리고 있는가
표백제 잘못 사용한 옷처럼
군데군데 기억이 지워진
이정표가 자꾸 뒷걸음질 치는데

벌써 내가 보이지 않는다

로보캅 할머니

여든 다섯,
할머니가 입고 있는 옷 너무 낯설다
검버섯 옷자락 어루만지면
손바닥 닿는 쪽으로 주글주글한 가죽 쓸려온다
몸에서 겉도는 살갗,
남의 옷을 걸치고 계신 거다

거친 기억 들락거리던 입
말 배우는 아이처럼 오물거린다
알 수 없는 음상기호들
다른 사람의 이로 갈아 끼우고
다른 사람의 머리채를 낚아채 이어붙이고
누군가 갖다버린
다른 사람의 다리, 발가락, 걸음걸이를
주워다 짜 맞추었다
댁들은 뉘시유
애먼글면 업어 키웠던 손주들을
몹시 궁금해 하는 할머니, 어느 틈에
아무도 모르는 먼 동네로 가서

누군가 내다 놓은 정신을,
스을쩍, 가져오셨던 거다

다가구 주택

하루 저녁
차려놓은 밥상은
스물여섯 개
문 여는 횟수 백여덟 번
문 닫는 횟수 백여섯 번
열어놓는 횟수가 더 많아 언제나 곤궁한
살림 날마다 적자라네

하루 저녁
켜놓은 티브이 서른일곱 대
미처 켜지 못한 티브이도 다섯 대
커튼을 내리고
투닥투닥 싸움을 하는
창문도 서너 개
볼 붉은 등불도 서너 개

느린 골목

오래 바라보고 있으면 네가 자꾸 툭툭 끊겼다 어디를 가면 우리가 온전할 수 있을 것인가 막다른 골목의 시간은 낡거나 늙기 십상이다 창이 많은 집들과 집들 사이에서 익숙한 너와 결별한다 나는 자리를 박차고 나왔다 세상은 곧 뒤에서 나를 묘사할 것이다 어두워진 저녁으로 불빛이 모여들었다 이 또한 만성인후염만큼이나 오래된 것이다 나는 다만 불빛 한 점 끌어당겨 너의 이마를 만져보고 싶었다 네가 정확히 어디서 끊겼는지 이제 알 것 같다 그러나 안다는 것은 그저 안다는 것이다 오래 바라보고 있었으므로 너는 너무 많이 끊겨 있었다

숲에서 놀다

나무 뒤에 숨어 있었다
소사나무에서 산사나무로
땀 뻘뻘 흘리며 건너다녔으나
그저 나무에서 나무로
옮겨다녔을 뿐
찔레나무 아가위나무가 결국
나무 하나로 귀결되는
성긴 숲에 있었을 뿐

오늘은 이팝나무에 몸을 기대고
명자나무 푸른 그루에게 편지를 쓴다
(안녕, 여기는 종려나무야 너도밤나무
푸른 잎새 네가 그립구나)

은사시나무에서 배롱나무로 힘들여 건너다녔어도
한 그루 나무에서 다른 그루 나무로
옮겨다녔을 뿐
여기가 또 거기였다
거처 없는 노숙
바다곰자리별 저 홀로 붉은

횡단보도 앞에서

너도 그렇니?
이편에 대려고
부지런히 노 저어오는
저 정직한 시간
가만히 바라보자면

그대로 첨벙 발 담그고 싶니?
차라리 그냥 뛰어내리지 그래
선명하게 그려진
굵은 줄이 철썩 철썩
일어나 마음을 치기도 하니?

잠깐 사이 열두 건반이 되기도 하는
횡단의 줄무늬를 디디며
어디에도 없는 화성법을 연주하고
싶다
생각하는 사이
생각 없는 사이
배가 나루에 스르르 몸을 댄다

어느새 아무하고도

말 한번 섞지 않은 얼굴로
뱃전에 발 올려놓아야 할 시간
안에서 부는 시끄러운 소리 얼른 쓸어 담고
무사히 대양을 건넌다
앞선 선박의 등허리에서
길이 조금씩 흘러내린다

양지 가다

오늘 따라 말수가 적은 하늘
눈이 오시려는지 조용한 낯빛 꾸물거린다
양지 가는 길

그곳에 가면 뭐가 있나
구름이 덮여 오는 구릉지
곧이어 Fade Out, 암전이라도 될 것 같은 언덕 아래
양지바른 시절 다 보내고
물기 다 빠진 납본식물처럼 서슬이 앉아 있다

먼 기억의 음지로 가면
그 추운 주소에 가면 무얼 만날 수 있나

제대로 피지도 못하고 시들었다고
혀를 끌끌 차며 엄마는 내게 말했다
양지는 본래 가도 가도 어두운 길
잎새 한번 틔우지 못한 양지똠 더듬더듬
가야하는 이유 없다/있다 있다/없다
드잡이를

드잡이 하면서

추운 들길도 조용조용
바퀴소리도 가만가만 따라나서는데
가서는 안될 음지 누군가 억지로
끌어 잡아당긴다는 듯
비포장 같은 마음만
덜커덩덜커덩
양지 간다

만리포에서

아이들이 파도를 탄다
제법 물살에 발을 디디며
급제동 거는 놀이에 열심이다

아이들에게 세상의 물살을
다 맡기고 백사장에 앉아 소주를
마신다 생각해보면
잔물결에 더 자주 넘어졌다
먼 곳 바라본 것도 아닌데
세상은 자주 나를 무릎 꿇렸다
소금기 간간한 물속에 코를 박고
싱겁지 않은 허기, 그 짜거운 눈물로 얼마나
소리죽여 울었나 헤아린다

어두운데 그만 들어가지
내 안을 드르륵 열고
들어오는 그대
잦아들던 슬픔의 심지
다시 돋우어 켠다 어느새 날 저물어

물을 차며 놀던 아이들
가고 없다
오랜 침묵이 끝났으니
단잠이 곧 몰려올 것이다
아이들이 미처
다 데려가지 못한
물살 몇 올
잔광 앞에서 칭얼거린다
오래된 저녁이 그렇게 온다

오거리

해가 지는 길에서
그만 시동이 꺼졌다
언제 달려 나왔는자 아이들이
피아노레슨비 과외비에
밀린 용돈을 내놓으라며
빵빵거린다 천막을
갓길로 세우라고 빽빽거리는
고약한 아저씨도 있다 여기가 어디지?
호각소리 가득 차 오는데
속이 빈 수수깡처럼 나는 막막하다
웅성거리는 차들
그 사이 한 목숨이 와서 쿵 부딪는다
내 안이 다시 객쩍은 소리로 술렁거리고
집 바깥이 시끌벅적하다
엄마는 대체 어디에 있는 것일까
온기 한 구좌가 필요해!
어디에 대고 타전해야 하는지
생각할 틈도 없이 서둘러
날은 지나간다 벌써 금요일이다

오래 키운 고양이가
집을 나가고 없다 있는 것 말고
다 없다
막막한 저녁도
고양이를 따라가고 없다

영등포

기차가 도착하자 그녀는
물고 있던 침묵을 후다닥 비벼 끈다
살아온 내력들을
선반 위에 올리고 바라다본다
무수하게 갈아타고 내렸던 길고 긴 여정의
막차를 타는 그녀
몸에 켜두었던 불을 이제야 모두
불어 꺼버린다

영등포에 너무 잘 어울리는 이름이어서 어쩐지
이 빠진 듯 구멍 숭숭 뚫어놓을 것 같은 그녀
김명순, 이 아무도 서 있지 않은
적막한 생애를 향해 손 흔든다
아직 꺼지지 않은 불 있는지
갈색 눈동자 잠깐 일렁인다

슬프다는 것은 아직도
희망이 우리를 배웅한다는 증거
낯빛 어두운 영등포가

그보다 더 칙칙한 그녀를 열한 시 십이 분
경부선 막차에 태워 보낸다
지퍼가 닫히듯
양쪽으로 벌어져 있던 어둠이 하나씩 맞물린다
거친 숨을 몰아쉬며 기차는
되짚어 오기 어려운 먼
길로 그녀를 데려간다

버스를 기다리는 동안

운동화 끈을 고쳐맨다
풀어진 끈에 매달린 불안한 소문의
머리채를 손가락에 걸어 단숨에 잡아당긴다
바닥을 디디자 곧 단단해지는 길
그러나 버스는 오지 않는다
산양 전갈 페가수스의 머리칼을 다 세는 동안
운동화 둥근 코끝으로 바람의 혀가 한 차례 핥고 지나간다

언젠가 한번은 지나쳤을
녹색 페인트칠 벗겨진 창가에서 마시던 차 한 잔
그러니까 결국 지나온 어디쯤의 금요일 같은
휘어진 길 그 너머의 생처럼
뒤틀린 브래지어 끈이 자꾸 등을 간질이는 동안
나는 수없이
오지 않은 버스를 놓치는 중이다

저녁에 닿기 위하여
죽은 나무가 제 몸을 훑으며 들려주는
휘파람 소리를 듣기 위하여

휘파람 소리 끝에 생겨난다는 우물에
얼굴을 비추어 보기 위하여

끝내 결별할 수 없는 것들을 두고
당신이 저물도록 서 있던 마른 강물 끝
오래된 마을로 가기 위하여
둥글게 몸을 숙이고 다시
운동화를 고쳐맨다 오래된 당신이
단단히 묶인다

네가 없어도 바다는

멀리서 오는 기차가 선로도 없는 마당에 와 멈추는 꿈을
꾸다 깨었다 왜 매번 기차인가 마당을 지나면 바다, 바다를
건너면 창망한 저녁이 낮은 숨을 뱉어내고 있었지만 그것이
꿈꾸는 나를 규명해 주지는 않았다 언제나 가볍게 목을 조
여오는 인후통은 느린 곡조로 흐르는 추억 때문인 것을 안
다 목숨 걸 사랑을 만나고자 했다면 푸른 뱀처럼 슬픈 저 바
퀴에 올랐어야 했다 마당 끝으로 절벽 같은 바다가 비명처
럼 떨어지고 시간을 잘디잘게 부수어 깜깜한 그리움을 실어
날랐다 나를 온전히 엎지르고 싶은 날이 있었다 오늘 만난
시詩는 고개를 숙이며 우울한 듯 몇 차례 발끝만 차다 가 버
린다 머뭇거리는 마른 입술 사이로 달빛 그렁한 밤은 오고
세상은 어제보다 긴 하루를 조용히 끌어당긴다

네가 없어도 바다는 넘실대고 기차는 정해진 시간대로 떠
나 또다시 돌아올 것이다 물기 가득한 밤이 나를 재우러 올
것이다

대설주의보

그리워 죽겠는
보고 싶어 미치겠는
이름 하나 유리창에 빨래처럼 매달고
빨래가 얼며 녹으며 마르는 동안
눈에 가득 서리가 들어찬다
당신 너무 추운 곳에 있었군
날개가 다 얼었어
어느새 손바닥 하나 덮힐 입김 다 써버리고
꺼내어 쓸 아무 온기도 없는데
안으로 들일 수 없는 당신이
밖에 세워둘 수도 없는 당신이
거기 얼음옷 한 벌 지어 입고와 서 있다
어깨를 웅크릴 때마다
껴입은 옷의 관절 우두둑 소리를 낸다
귀퉁이부터 뚝뚝 닳아지는 당신
뒤에서 끌안고 섰는 허공이 아프다 아프다
소리 없는 소리를 참고 있다

폭설

눈이 내리면
내리는 눈처럼 당신의 겉옷을 벗겨주리
겉옷을 벗겨 바닥에 내려놓고
그대로 누워 천년 묵은 잠을 자도 좋으리

그러나 한 겹 한 겹
하염없이 벗겨도 자꾸 자꾸 당신은
두꺼운 옷을 껴입고 내린다

자꾸 내리는 당신이 있어
나 거기 시원始原도 알 수 없는 품에서 길을 잃는다
차선도 덮어 지우고
빨간 신호등도 덮어 지우고
던킨도너츠 입간판도 지우면
입까지 차오른 그리움도 아득히
덮여 지워질 것이다
걷잡을 수 없이 내리는 당신이 사랑이라면
끝없이 벗겨야 하는 겉옷이 당신이라면
나는 지금 끝나지 않을 연서를 쓰는 중
지금까지 내린 연서를 모두 덮어 지우는 중

＊해 설

시는 가려움이다

정 재 림 (문학평론가)

꽃과 상처

유정이 시인의 시집 『선인장 꽃기린』을 펼치니 만개한 꽃들이 눈길을 끈다. 동백꽃, 그늘꽃, 선인장 꽃기린, 붉노랑 상사화, 소국! 그런데 시인의 눈이 꽃들의 아름다움보다는 꽃들을 피워낸 고통에 머물러 있다는 점이 흥미롭다.

> 단단히 갖춰 입은 상처를
> 깊은 속울음으로 젖고 있는 중이지
> —「동백1」부분

> 지난 해 피었던 기억을 더듬어
> 있는 힘껏 꽃잎
> 벌릴 일만 남았다
> —「동백2」부분

꽃잎보다
더 큰 어둠 껴입은 그늘꽃
—「그늘꽃」부분

시인은 추위를 이기고 붉은 꽃망울을 터뜨리는 동백꽃을
보며 현상적 아름다움에 감탄하지 않고, 아름다움 뒤편의
'농익은 슬픔', '불길같던 통증', '화기'를 발견해 낸다. 아름
다움보다 고통에 시인의 시선이 머무는 까닭은 무엇일까?
그 이유는 시인의 내면이 슬픔에 젖어있다는 데 있을 듯하
다. "슬픔으로 절절 끓고 있는 중"인 것, "아직은 내 안이 너
무 붉어서/ 세상이 온통 화염"인 것은 꽃의 상태일 뿐만 아
니라, 시인의 내면에 대한 반영일 것이기 때문이다. 시인
자신의 고통이 "투닥투닥" 피어나는 꽃의 소리를 상처의 탄
식으로 듣게 하지 않았을까라는 추측이다. 하지만 이것을
과도한 감정이입이나 감상성이라고 치부하기는 곤란할 듯
하다. 생각건대 나무는 자신의 생生을 잊지 않고 온몸으로
자기 삶을 기억해 내어 봄마다 꽃을 피워내고 있는 중일 것
이다.

다시 말하면 슬픔에 물들어 있는 시인의 내면이 꽃의 고
통을 발견하는 동력으로 작용한다는 설명이, 유정이 시인의
시가 과도한 감상성에 노출되어 있다는 오해를 낳아서는 안
된다는 것이다. 왜냐하면 시인의 슬픔은 근거 없는 감상에
기인한 것이 아니라, 작고 보잘 것 없는 것들에 대한 관심
에서 비롯된 것이기 때문이다. "만개하는 울음"(「선인장 꽃

기린」)을 발견하는 유정이의 시편들은 시인의 슬픔과 보잘 것 없는 대상이 상호작용을 하며 "깊은 속울음"(「동백1」)을 형성해내는 장면을 확인하게 한다.

> 꽃이란 꽃은 모두 스스로 쥐어짠 상처라는 군
> 꽃이 웃고 있다고 믿는 건 오해라는 군
> 가만히 보면 곧 울어버릴 것 같은 게
> 꽃의 얼굴이 아니냐구!
> 만개하는 울음을 제대로 읽지 못하고
> 서둘러 입을 닫느라 몸에 돋은 가시들
> 그 상처의 소리 들리네
> ─「선인장 꽃기린」 부분

「선인장 꽃기린」은 꽃과 상처를 연결시키는 시인의 재치 있는 상상력을 보여주는 시다. 가시와 꽃을 함께 내밀고 있는 선인장은 화려함 뒤에 가려진 상처와 고통을 환기하기에 적절한 시적 대상이다(물론 '꽃기린'은 선인장처럼 가시를 잔뜩 달고 있긴 하지만 선인장이 아니라 다육식물이라고 한다. 무시무시한 가시는 가시관을, 앙증맞은 붉은꽃은 보혈을 환기하는 까닭에 꽃기린은 '예수꽃'이라는 별명으로 불린다고 한다). 시인은 "꽃이 웃고 있다고 믿는 건 오해"라고 말한다. "꽃이란 꽃은 모두 스스로 쥐어짠 상처"임을 알아 챈 때문인데, 그래서 시인은 꽃의 얼굴에서 "가만히 보면 곧 울어버릴 것 같은" 고통을 발견해 내며 "그 상처의 소리"

에 귀를 기울인다. 하지만 고통의 발견이 무조건적인 슬픔으로 귀결되는 것은 아니다. 고통에 대한 거리가 가능해질 때 시는 「소국小菊」에서와 같이 삶의 비의秘意를 발견해내는 경탄으로 이어진다.

햇살의
은근한 눈빛이
무늬가 되는 동안

바람이 전하는 푸른 연서
상처로 돋아오르고 또 아물어가는 동안

내 안의 내가 아기처럼
칭얼대는 울음으로 당신에게
건너가는 동안

어쩌나!
나 이렇게 벌써 노랗게 익어버렸다

—「소국小菊」 전문

시간의 경과를 의미하는 '동안'은 서정시로서의 이 시의 위의威儀를 더해주는 시어이다. 국화꽃의 개화라는 현상에서 시인이 발견해내는 것은 시간의 경과와 그것이 시인에게 주는 섬광 같은 통찰이기 때문이다. 시인은 햇살을 닮은 꽃의 빛깔이 아니라, 꽃을 키운 바람이 아니라, 그것을 가능하게 하는 시간에 주목한다. 햇살의 은근한 눈빛이 무늬가 되는 "동안", 상처로 돋아 오르고 또 아물어 가는 "동안", 내 울음이 당신에게 건너가는 "동안"의 시간을 소국과 대등하게 연결한다. 즉 소국은 꽃이 아니라, 이 모든 아픔과 성숙을 담보하고 있는 시간인 셈이다. 그래서 꽃에서 시간을 찾아낸 시인은 이렇게 경탄한다. "어쩌나! 나 이렇게 벌써 노랗게 익어버렸다"고.

고통의 공감력

고통에 대한 관심이 시인의 내면에 머물지 않고 외부로 향하게 될 때, 유정이 시인의 시는 자연스럽게 부정적 현실에 대한 비판의 목소리를 띠게 된다.

> 분리수거 강조기간을 알리는
> 현수막 어깨 한 쪽이 찢겨 있다 바람은 왜
> 덜 아문 상처 근방에서 더 해찰을 부리는 것인지
> 새어나오는 속울음소리 들린다
> 헐벗은 가지처럼
> 사과는 얼음을 한 겹
> 더 꺼내입는다
> 고쟁이 속 꼬깃거리는 종이돈 몇 장도 곧
> 바람이 팔랑 집어갈 것이다
> ―「구름다리나무」 부분

화자의 시선이 밀월동과 신장동을 잇는 구름다리에서 노점상을 하는 '영미 할머니'에게 가닿는다. 나뭇잎이 다 떨어진 계절적 배경, '허리 굽은 구름다리'의 모습은 노점상 할머니의 일상에 현실감을 더한다. "자꾸 비틀리는 무말랭이의 시간을/ 집 없는 새들/ 콕콕 쪼다 간다"라는 구절은 노년의 가난과 쓸쓸함을 효과적으로 제시해 준다. 어깨 한 쪽이 찢겨진 현수막처럼, 할머니의 삶은 어딘가 찢겨져 있으리라. 시인은 보이지 않는 찢겨진 상처를 보았을 것이고, 그래서 "새어나오는 속울음"을 들었을 것이다. 이 시가 더욱 쓸쓸하게 느껴지는 것은 '바람'으로 상징되는 악(사회적이든 현상적이든)이 계속해서 '해찰'을 부릴 것이라는 비극적인 전망 때문이다. 노점상에 진열된 사과를 얼려버릴 겨울이 머잖아 올 것이고, 그러면 "고쟁이 속 꼬깃거리는 종이돈 몇 장도 곧/ 바람이 팔랑 집어갈 것"이라고 시인은 진단한다. "호박나이트 개장기념 안주일체 2만원"이라는 세상 축제와는 무관하게 말이다.

하지만 시인의 장기는 부정적 현실에 대한 비판적 시각을 드러낼 때보다는 연민어린 시각으로 소외된 타인을 보듬을 때 더 빛을 발하는 듯하다. 「구름다리나무」와 마찬가지로 할머니를 등장시키고 있는 다음 두 편의 시에서도 연민의 정서에서 비롯된 강한 공감력이 형성되는 것을 확인할 수 있다.

1

할머니의 무릎 아래에선

언제나 물레 잣는 소리가 났어요

가벼운 몸으로 무거운 생애를 돌리다

때로 덜컥, 멈춰서기도 하던 할머니

물레가 멈추는 것도 모르고

우리는 먼저 잠이 들곤 했지요

머리맡에서

자장 자장

얼마나 더 오래 설운 노래를

자았던 것일까요

아침에 눈을 뜨면

하얗게 바랜 할머니 청상의 시간이

성글게 가로 놓여있었습니다.

—「성구미」부분

2

여든 다섯,

할머니가 입고 있는 옷 너무 낯설다

검버섯 옷자락 어루만지면

손바닥 닿는 쪽으로 주글주글한 가죽 쓸려온다

몸에서 겉도는 살갗,

남의 옷을 걸치고 계신 거다

—「로보캅 할머니」부분

116

①에서 시인은 '성구미'라는 작은 포구에 찾아간다. 그 마을에 살던 할머니는 이미 세상을 떠난 듯하다. 시인을 맞아주는 것은 "목구멍에 햇볕이 걸려/ 꺼억꺼억 헛구역질 해대는 갈매기", "순한 소리를 잘박 잘박"내고 있는 파도소리, 그리고 "아주 오래된 시절"에 대한 기억들이다(시인이 사용하는 의성어가 재미있다는 말을 덧붙이고 싶다. 유정이 시인이 활용하는 의성어들―가령 '꺼억꺼억' '잘박잘박'―은 언어적 조탁을 최소화한 자연스러운 표현이면서도 정확한 의미와 시적 울림을 획득하고 있다). 갈매기 소리와 파도소리는 "자장 자장"이라는 할머니의 노래소리를 재생할 뿐만 아니라, 시인에게 할머니의 "청상의 시간"을 반추하고 이해할 공간을 제공한다.

즉 돌아갈 수 없는 과거인 "수평선 저 편의 시간"이 회상 속에 펼쳐지고, 성인이 된 시인이 어른의 시선으로 할머니의 신산하고 쓸쓸한 삶을 재구성하는 것이다. 어른이 된 시인은 어린 손주들을 재우던 할머니의 자장가가 "설움 홀로 재우던 목소리"였음을 알게 된다. 할머니의 물레질은 "가벼운 몸으로 무거운 생애를 돌리"는 작업이었으며, "때로 덜컥, 멈춰서기도" 했었음을 이제 이해하게 된다. 그러므로 할머니가 밤새 잣던 것은 비단이 아니라 "설운 노래"였고, "하얗게 바랜 할머니 청상의 시간"이었음을 깨닫게 된다.

②의 할머니는 여든 다섯의 나이에 치매에 걸려 있다. "애면글면 업어 키웠던 손주들"을 몰라보고 "댁들은 뉘시유"라고 묻는 할머니를 시인은 담담하게 묘사하고 있지만,

객관적인 묘사 안에는 무상하고 냉혹한 시간에 대한 안타까움이 가득하다. "여든 다섯,/ 할머니가 입고 있는 옷 너무 낯설다"라고 말하며 낯설어진 대상에 대한 회한을 "스을쩍" 개입시키고 있기 때문이다. 이처럼 유정이의 시는 주변적인 것의 고통에 대한 눈여겨봄에서 출발하여, 작고 보잘 것 없는 것들에 대한 공감의 정서를 획득하는 데로 나아간다.

회전문과 후박나무

자신의 일상에 주목하는 유정이 시인의 시에서 자연스럽게 발견되는 것은 여성성이다. 생물학적 성이나 주부로서의 일상은 개인의 실존적이고 존재론적 터전이므로, 시에서 '여성'으로서의 자아가 등장하는 것은 자연스런 현상이다.

> ①
> 온화한 앞치마에
> 젖은 손을 닦으며
> 드디어 여자들의 연주는 시작된다
> ─「부엌을 주세요」부분

> ②
> 시대의 용기는 되지 못하고
> 그저 조각난 시간이나 녹여 끓이는
> 값싼 그릇으로 부뚜막을 지키네
> ─「동백1」부분

③
어디로든 나갔다 생각했는데
둘러보니 부엌이었다

— 「불쑥, 불혹」 부분

위의 시들처럼 시인의 상상력은 자주 부엌과 공간으로 연결된다. ②에서 시인은 고통의 시를 담아내는 시인의 작업을 부뚜막을 지키는 '값싼 그릇'에 비유한다. 시인의 자신의 시작詩作이 '시대의 용기'는 되지 못하며 "그저 조각난 시간이나 녹여 끓이는/ 값싼 그릇"일 뿐이라고 겸손하게 말한다. 부뚜막을 지키는 '값싼 그릇'이라는 은유가 진솔하게 느껴지는 것은, 이 표현이 생활의 구체성을 반영하고 있기 때문일 것이다. 하지만 여성의 삶이 부엌에서 구체성을 획득한다는 말은, 여성으로서의 삶이 부엌을 벗어나기 어렵다는 전제를 포함하고 있는 것이 아닐까?

그래서 부엌의 상상력을 보이는 시인의 시편들은 종종 숙명성이나 갇힘의 이미지를 동반하기도 한다. ③에서 시인은 "어디로든 나갔다 생각했는데/ 둘러보니 부엌이었다"고 털어 놓는다. 관습적 일상(엄마나 아내, 주부의 역할 같은 것)이라고 불리는 것들은 오랫동안 걸쳐온 옷과 같은 것인지도 모르겠다. 지겹고 답답하지만 너무 익숙해져서 버릴 엄두도 내지 못하는 것들이 아닐까? "오래 입은 옷들"(「불쑥, 불혹」)과도 같은 일상과 관습을 떨쳐버리는 건 거의 불가능하리라. 그래서 일상적 삶은 "돌아봐야 서울-평택-안

중-장호원, 지름 백오십여 리 밖에 되지 않는 길 반생의 노역"(「돈다」)과 비슷한 꼴인지도 모르겠다.

　엄마가 조용히 하라고 해서 조용히 했습니다
　아버지도 조용히 있으라 해서 조용히 있었습니다
　선생님이 더 조용히 하라 해서 다시 그렇게 했습니다
　애인도 계속 조용히만 있으라 해서 줄곧 조용히만 있었습니다
　남편이 매일매일 조용했으면 좋겠다 해서 매일매일 그렇게 했습니다
　(…중략…)
　그러고 나니 갑자기 조용히 있고 싶지 않았습니다
　조용히 하면서 보낸 생의 반나절 이제부터는 조용하지 말자 결심했습니다
　그런데 나도 모르게 자꾸 조용히만 하는 겁니다
　　　　　　　　　　　　　　　　　　—「조용히 하라고 해서」 부분

　시인을 둘러싼 모든 권위자들(엄마와 아버지, 선생님과 애인, 그리고 남편)은 "조용히 하라"고 명령한다(생각해 보면 권위적인 어른들은 왜 그다지도 자주 '조용히 하라'고 명령했던 것일까). '조용히'라는 말은 단순한 요청이 아니다. 그것은 권위에 대한 복종을 뜻하며, 굴복하지 않는 삶에 대한 경고를 포함하고 있을 것이다. 문제는 시인이 갑자기 조용히 있고 싶지 않게 되었으며, "생의 반나절 이제부터는 조용하지 말자 결심"하게 되었다는 것이다. 이 결심은 일종

의 반항이자 반란이다. 하지만 조용히만 살았던 탓에 "나도 모르게 자꾸 조용히만" 하게 되는 데 진정한 비극이 있지 않을까? 시인은 자신의 처지를 "나도 모르게 소용 속에 꽁꽁 갇"힌 형국에 빗댄다. 시인을 꼼짝 못하게 붙잡고 있는 숙명적 현실은 「회전문」에서 갇힘의 이미지로 변주된다.

나가려고 몸 밀어 넣었는데 아뿔사
골똘해진 유리문 속에 그만
갇히고 만다 엉키고 엉켜 후다닥
너를 밀고
나가기 쉽지 않다

— 거기 후박나무 하나 서 있다

몸빠르게 마음을 빼야겠는데
생각의 왼다리, 오른 검지손이
말을 듣지 않는다 네 안에서
혼자 일으키는 바람, 날리는 옷자락에
줄곧 걸려 엎어진다
수없이 많은 문을 들고 났으나
너라는 미궁
빠져나가지 못하고 뱅뱅 돈다

— 거기 아직 후박나무 하나 서 있다

입 안의 네가 다 마를 때까지
돌고 돈다 간신히 너를 밀고
재빨리 빠져나오는 문
그러나 디딜 곳 없는 허방이다

— 거기 후박나무 하나 사라지고 없다

어느새 낭떠러지다
—「회전문」 전문

   회전문은 일상적 삶에 갇힌 시적 자아의 처지를 은유한
다. "어디로든 나갔다 생각했는데 둘러보니 부엌"(「불쑥, 불
혹」)이었던 것처럼, 시인은 회전문 안을 뱅글뱅글 돌고 있
다. 그런데 "너를/ 밀고 나가기 쉽지 않다"의 '너'는 누구인
가? 그것은 "나라고 믿는 나와 배반하는 나/ 귀환하는 나와
도주하는 나/ 승선하는 나와 탈주하는 나/ 편입하려는 나와
전복하려는 나"(「두 개의 바퀴가 돌고 있다」)에서처럼 분열
된 자아의 모습일 수 있다. 그것은 '조용히 하라'고 명령하
는 권위적 주체나 완고한 일상으로도 해석이 가능하다. 어
떻게 해석하든 시인은 "너라는 미궁/ 빠져나가지 못하고 뱅
뱅" 돌고 있는 것이며, 이는 강력한 현실의 인력引力을 증명
하는 것이다.
   또 하나의 질문은, 회전문 밖에 서있는 "후박나무 하나"
의 정체가 무엇인가라는 것이다. 그것은 "당신이 사는 카시

오피아"(「별자리 카시오피아」)처럼 시인에게 희원의 대상이
되는 이상향이며, 잠자고 있는 혀를 갈아주고 "말의 옥문
좀 열어"(「조용히 하라고 해서」)줄 구원의 주체일 수 있다.
'그'라는 인물로 변주되기도 하는 '후박나무'의 의미는 종국
에는 시로 귀착된다. 물론 "거기 후박나무 하나 사라지고
없다/ 어느새 낭떠러지다"라는 구절은 시적 구원의 지난함
을 암시하는 것이겠지만, 시인은 시를 통한 구원의 열정을
포기하지 않는다.

가려움의 시

「돈다」「조용히 하라고 해서」「불쑥, 불혹」 등에서 갇힘의
이미지가 주조를 이룬다면, 「창窓」에서 전경화되는 것은 창
너머로 달려가는 열림의 이미지이다.

> 얼마나 흐른 것일까
> 그를 향해 열어놓은 창의 시간
> 나가서 돌아오지 않는
> 마음이 있어
>
> —「창窓」부분

한 편의 연애시로 읽어도 무방할 이 시에서 화자는 "그가
존재하는 힘으로/ 화들짝 열려있던" 날들을 추억한다. 대상
에 대한 사랑은 화자로 하여금 "언제나 소리가 많이 나는/

신발을 끌고" 오는 그의 발소리에 귀를 기울이게 하며 "나를 쾅쾅 닫아 걸 수 없"게끔 한다. 사랑은 대상을 향한 마음의 창을 활짝 열도록 강제하는 것, 창을 닫을 수 있는 의지를 박탈하는 것에 다름 아니지 않을까? 배겨날 도리가 없는 강제력을 행사한다는 점에서 사랑의 본질은 가려움증의 속성과 유사성을 공유한다.

1
자리에 들지 못하고
검은 그림자로 밤바다를 기웃거리는
거룻배, 바다가 긁어 놓은
딱지앉은 상처 같다

그는 날마다 나를 가려워했다
언제나 날 선 손톱으로 나를
벅벅, 긁어댔다
후경으로 흐릿하게 떠 있던
내가 누군가의
가려움이 될 수 있다는 것을
상상하지 못했다.
—「밤바다에, 거룻배가 떠 있다」 부분

2
까맣게 딱지 앉은 하지동맥 같은 골목,
—「수정판 정밀 도로지도」 부분

124

3

얼굴 안쪽
검은 갈기 새운 채 날뛰던
말들이 잠들어 있다
말들의 등 오래 만진다
숨소리가 마치 오래된 집의 기둥처럼 둥글다

울음의 안쪽
일용할 울음 기다리는
말들의 수런거림 간질간질하다
　　　　　—「그녀가 분노를 처리하는 방법」부분

　1에서 바다 위의 거룻배는 "딱지 앉은 상처"에 비유되
며, 2에서 도로지도 위의 골목길은 "까맣게 딱지 앉은 하
지동맥"에 비유된다. 이 비유에는 바다의 그리움이 거룻배
라는 상처딱지를 만든 게 아니냐는 상상력이 들어있다. 바
다는 그리움을 참을 수 없어서 제 몸을 벅벅 긁다가 거룻배
라는 검은 상처딱지를 만들었고, 그리움에 분주한 발걸음은
상처딱지처럼 생긴 골목길을 만들었다는 거다. 그러므로
"그는 날마다 나를 가려워했다"는 말은 '그는 날마다 나를
그리워했다(혹은 나는 날마다 그를 그리워했다)'는 말로 해
석된다. 그리움은 가려움과 등가의 의미를 가지며, 참을 수
없는 가려움은 한 편의 시로 완성된다.
　3의 시는 울음과 분노가 한 편의 시로 승화되는 과정을

보여준다. 화자에게 "울음"은 "넘어가지 않는 밥"과 같다. 그것은 "고통의 밥"이며 분명 소화불량을 일으킬 듯하다. 하지만 화자는 "고통의 밥"을 목구멍으로 우겨넣고 그것을 "일용할 울음"으로 소화시킨다. 신기한 것은 고통의 밥을 삼키면 "검은 갈기 세운 채 날뛰던/ 말들이 잠들"게 된다는 것이다(여기서 '말'은 두 가지로 해석된다. 걷잡을 수 없는 분노를 이미지화 한 말[馬]과, 그 분노의 표현으로서의 말[言]). 이것은 화자가 "말들의 등"을 오래 어루만졌기 때문이 아닐까? 간질간질한 가려움증을 유발하는 "말들의 수런거림"이 시인의 내면에 차오르면 시인은 참을 수 없어서 피가 나도록 긁어낼 것이다. 그러면 가려움(그리움)의 진원지는 하나의 딱지 앉은 상처를 남기고 거기에서는 한 편의 시가 피어난다.

"부랑의 운명", "유목의 꿈"(「모래 바람이 불었다」)은 시인의 천분天分을 타고난 자들에게 어찌할 수 없는 운명이다. 천생 시인인 사람들은 "그 남루한 시詩를 이고 지고" 가려움에 몸서리치며 몸을 긁어낼 것이며, 유정이 시인 역시 그들 가운데 한 명임에 분명하다. 그리운 가려움을 유발하는 한 편의 시를 읽으니 "피가 나도록 종일 긁어내던" 상처의 시간들이 떠오른다. 『선인장 꽃기린』에 담긴 시들을 읽으니 꽃샘 추위 속에서 유난히 예쁘게 피어난 벚꽃이 예사롭지 않게 보인다. 저 꽃들은 그리움의 기억이었군! 사랑도 시도 가려움이었군! 하여, 난 벚꽃에 취해 자꾸만 길을 걷고 싶었던 거군! 문득 깨달아진다.

백일홍 피려는지
목울대가
자꾸 가려웠다
쭈뼛거리는 가려움증이
얼굴을 붉히며 올라온다
혼자 흘려보내는
오후가 저리 붉은 건
피가 나도록 종일 긁어대던
그리움 탓이다

　　　　　　　　　—「시」 전문